詩集

粒子　その通過する点点・・

南　久子

土曜美術社出版販売

詩集　粒子　その通過する点点・・＊目次

Ⅰ

Ⅱ

カバー画／三浦敏和

詩集

粒子　その通過する点点・・

I

見ている

見えるものは見ている
陰るときはより深く見ている
遮断は見えないけれど見ている
目隠し鬼はしっかり見ている
傍観は見ていないように見ている
あるいは見られている
ささやかれる声は聞こえないはずの見ている
頭にしみこまないことばを
ふたつみっつ混濁の欲望と一緒に拾い上げて
反射する光に当ててみた
見えないということを見ているのが
はね返ってきた
再びはね返されたことばの束と

不意に安堵のため息をした
安堵の向こうには
反目し合う鋭い眼があった
思わず顔を上げてみた
とてつもない伸びやかな
大気が漂っていた
地中の響きも
音叉の純音を発していた
山のいただきの寛容は
空にコロイド溶液を流していた
禅は不立文字を銀の粉末でなぞっていた
街の喧噪に流れる水音は
静かにことばを垂らしていた
これらはただひたすらことばを求めていた

粒子　その通過する点点・・

地面の砂を掻きわける
砂の粒子は地球の果てしなく遠いところから
やってきたのだろう
触れた手からさらっとこぼれ落ちる
うわついたりしないで
通過する点も刻まないから
雲の切れ目に広がる
ぽぁんと残された光の陰に縁どられ
その夜は不安になる

両の手でいぐさの網目に入り込んだ
砂の粒子をはたきながら
何度も座りなおす幼子にも来し方があるように

湿った路地裏から吹き抜ける風が
ゆらっと揺れながら昨夜の居場所を追う
重い鞄を肩から斜めにかけ
胸のふくらみをあらわにした高校生が
新聞配達人とすれ違い
いつの間にか幼子の頭上を駆け抜けていった
花束で祝うことを繰り返し
もみ殻を撒いて祈ることを覚えた母たちが
砂の粒子のついた幼子の衣服の繊維がすり減るまで
何回も手洗いする仕草は
草木が実をつける成り様

それぞれの位置や形状を再生するときに生じる力や
地球の果てしなく遠いところからやってきただろう粒子は
見つけられないまま
街のあちらこちらで弾ける音がする
凸凹の踵を返して
人々はガラスの青春を抱え時おり仰のく

あの幼子が座っていた莫蓙の暗く湿った地平から湧き上がる
粒子
盲点に被さったら浮かび上がらせる
その通過する点点・・

冬のセンチメンタリズム

If winter comes.
Can spring be far behind.* ?
とおい思い出を浮かび上がらせるために
卵を茹でる
ボコボコと鍋底を叩き
熱湯の中でわずかに立ち上がる
透けた中身はもう見えない
殻は内側に薄皮を付着させ
完全に液体を内包するから
修復するものなど何もない
昔　鏡台のあちこちに子どもたちが貼り付けた
シールのもどかしい跡も
拭い去った

湯の中ではカタッカタッ
脱皮していくつかの眠を経て
絹糸を吐く繭に似て
茹で上がった卵は生糸を放つかもしれない
母の手元の木綿糸で
半分に切り分けられた麗しい断面
荒々しい岩肌の記憶と等しく愛されている

冬が先か　春が先か
樹木を眠らせ
頬を強ばらせる冬の朝
卵は茹で上がる

If spring doesn't come.
Winter won't come.

＊　P・B・シェリー（イギリスの詩人）の「西風に寄せる頌歌」の一節。冬来たりなば春遠からじと訳されている。

私は嘘をつく

私は嘘をつかない
と言うと嘘をついていると言う
嘘をつく
と言うとそうだ嘘をついている
と言う
だから嘘はつけないのだ
というのは嘘ではない

一週間前　地下鉄の階段で
長いスカートの裾に
靴のヒールがひっかかって
鱗を捌かれた魚の尾ひれが跳ねかえる気配が
地面を襲ってきて

前につんのめったことを思い出した瞬間
同じ段のところで倒れた
嘘をつかなくても救われない窮地
すかさず後ろの男性の「大丈夫ですか」
に「はい」とスクッと立った嘘
立ちはだかる群衆を押し分けて嘘は
彼の顔も見ずに「ありがとうございます」
と遠のいて　立派に私を見届ける
それから
嘘が遊び呆けているビルの階段を
小走りで上がると
一冊の雑誌の中の
広がる虚数
私を圧倒する　ただただ

ふたつの命題

足首を痛めた
足の甲を見た医師は
足の幅と甲の高さのバランスが実に良い
歩けなくなるような足の構造ではない
と持論に得意げだ
今日はさしあたっての痛みを
和らげようとやって来たのだが
医師は自身の胸の筋肉を緩め
耳をそぎ落として凝視したまま
日の入りは終わった　もう夕食は始まっている
たいいいいしたことはなさそうだ
この単純な順列が音として足首に伝わり始めると
痛みはしだいに治まってくる
だから僕は反芻する

たいしたことはなさそうだ
症状としての痛みがなくなるということ
歩けなくなるような足の構造ではないということ
このふたつの命題の連鎖の物語を開始しよう
いそがなくては
やっと医師は背筋を立てた
レントゲン室への誘導を
筋書き通り指示した後は
僕のアキレス腱を見ている
僕のアキレス腱は少し腹を立てる
腹を立てられずにいる病んだ足首は
シャークスキンの傷心を抱えた胸の中では
もうベッドの上だ
痛みの根源を曖昧にし
密室を出る僕を惑わすアキレス腱
窓のない診察室のレントゲン写真は
息苦しそうで無防備で
僕のアキレス腱とは到底戦えそうにない

雨やどり

傘を持たずに出かけて、道路の真ん中をびしょ濡れになって走っている私に「僕たちは雨やどりをした方がいいですね」って道路の向こうから走って来た人が声をかけてきた。「僕たちって誰?」少し上気してはいるが、彼は怪訝そうな私をかすかに無視している。雨は唐突だがどうして僕たちなのだろう。私はアナタと雨に同意して公民館の入り口で、雨やどりをした。私の輪郭が溶け始め、胸の部分の水袋が、急にゆっくりと流れ始める。長身の彼は、背広から滴るしずくをハンカチで拭ってから、携帯電話を大事そうにポケットにしまう。各自が、それぞれに雨と向き合う。向き合えば向き合うほど雨は激しくなる。彼は長くとどまるはずのない私に、妻とのなれ初めや上司の自分への大きな期待や、娘は保育所にちゃんとセーラームーンの傘を持って行ったことなどを話し出す。私は昨夜のことさえ思い出せないでいる。私は静かに聞いている。すると、大粒の雨だれの中にクラスで誰も持っていなかった折りたたみ傘が映る。机の上に誇らしげに置かれたピンク色とねずみ色の格子縞が貧しさと交叉しながら行き合いの雲間から覗いている。いのちのふるまい方が上手な彼の顔に、いつもの平静さが戻って来ると空は明るくなる。

風が凪ぎ、
空気は透いてくる。
私とアナタは
彼と小学四年生だった私とともにやっと僕たちになる。

いとなみ

頬被りをした朝が嬉嬉として何かを壊し
無名の外気と調和する
後悔しない耳鳴りを引き受けて
はびこる悪行も
輝く太陽に替えたら
無上の歓喜は
海をてらし　人をはげまし　幼子をあいし
未来を胚胎する
『マディソン郡の橋』の主人公のように
隔たったり涙したりしない
ありふれた日差しがケープに包まれて
この暖色のビロードの感触は
幼い頃の塞がれた骨の破れだ

増していく拍動を砂山にかぶせた日々
夜をほどきながら
積み上げた化石は膚理を照らす
稠密におおらかさを
透くあしたにはめ込んでいく
それがいい

届ける

誰もいない家に届けられる荷物
不在票を投げ込み敷地内から持ち去られる
不透明の送り主とともに
跳躍するカラスの一群に
奪われない配達人の走り去る眼
不在宅に再び届けられる荷物
覚醒した頭上に
受取人の名を載せてチャイムを鳴らす
空を仰ぎ見て　再び
三段跳びの左左右あるいは右右左のリズムで
配達人は連れ去られるのだ
訪れて　持ち去られて　また尋ねて
枯渇のサインは容易に不在事由をとろとろと

荷物は改めて目の高さに押し上げて
丁重に差し出される
それから彼は
セメントに砂利を混ぜて
小さな四角形を型どり
水を注ぐ　抜いて　また入れて
凝結と固化は水の嵩で測る
行き場のない荷物で周りを囲んで
貝殻を埋める
水の重みは沈む理不尽を気化させる
最後は生かすためにカルキを抜き
水草も住む金魚のための人工池が
図面とともに家路に急ぐ
そして
ゆっくりと彼は脚に麻痺したヒレを纏う
水面を静止する閉曲面に創り終えてから
玄関の合成樹脂の水船の底で
ひそかな夜を過ごす

ドライアイと乙女の祈り

六十年以上前やけど
初めて買った扇風機の前にずっと座ってて
目が乾いて
「かわく　かわく」って言うたら
変な子って思われていややった
あれはドライアイって思うけど
当時はそんなこと誰も言わへんし
そんな言葉もなかった
ちゃんと物心はついていているからわかったし
ずっと変わらへんものは世の中にあると
信じて生きていたから
こだわるのやけど　なんで
医学がそんなんわからへんかったのやろ

人を傷つけたらあかんえけど
　おかあちゃんはいつもかんじたことゆわなあかんゆってたらちゃんとわかるやろけどあかんばあいにはれいせいでいでつでも

私の（目がかわく）をみんなを面白がらせるフレーズに変えてくれたのもお母ちゃんやし目薬を買いにいってくれたのもお母ちゃんやったなぁ
三センチメートルくらい上から目薬を

ポトッと落としてくれて
目に入る瞬間お母ちゃんは安心して
目を閉じたのを私は目をパチパチさせてても
ちゃんと見ていたから
もうええやん
その当時ドライアイって言葉がなかったことは
もうええねん
「乙女の祈り」を子供の頃から弾いてたけど
最初から間違えんと弾けたことないし
そんなことなんぼ言うても弾けへんし
またいつか弾けるように
なるかもしれへんし
言うたらドライアイといっしょやし

Ⅱ

鳥の役割

手のひらを叩く
音は出るのか
少しだけ空気を含んで
フラメンコの手拍子のような
音が鳴るのか
何ごともなかったように
空を切って
ちぐはぐな両手が
自分ではない誰かの手のひらと
縛り合ってはいないか
拍子抜けの身体の隙間から
何者かが問う
縛り合っているのかいないのか手のひら

ふたつの面の稜線はとげだって辿れない
鳴るはずの音が手のひらにあるなら
泡立てないと
擦りむけてしまうそうだ
見覚えのある広いグラウンドに
導かれる手のひら
何周もした見飽きた景色に
風の壁をつくり
土の匂いだけを嗅ぐ
「あと一周」の笛の音が
ランナーの脚の動きを地面から掬いとって
平衡感覚だけで降りてくる
そして
夕顔の果実を剝いて編む
カンピョウの形をした
帯状の雲がグラウンドの上で
整えられていく
尾根を行く鳥よ

手のひらを集めに来てくれないか
爛れた治癒しそうもない手のひらにも
会ってくれないか

長い約束

一度も会ったことのない　その人は
真珠貝でできた小箱に
一つの約束を書いて岩舟に載せた
そして初めて会った日　その人は
臍の緒を切ってその小箱に
いのちの証明書を貼り付けた
何千回　何万回もの
小箱に入れられる約束
あるときは黒塗りのアカエゾマツでできた
ピアノが隠されていたこともある
私のほしかった幼い頃の約束は
二十年余りを経て岩舟に載せられた

目くるめく次の年もまた次の年も
真珠貝でできた小箱の約束は
さりげなく載せられるのだ

太陽が沈んで　白虹*が見えた夜
一枚の別れの手紙を入れ忘れて　その人は
いなくなった
それ以来約束は来ない
私の乗れない岩舟をひょいと抱えて
天空に立ち上ったのだ
黒曜石でできた鋭い破片の約束を
自身に突き刺した　その人と
私は貝を作る

一度もあったことのない　その人が
初めて書いた約束を
今私はしたためる

＊　月の光で見える虹。光が弱いため色彩が淡く白く見える。

水面の横顔

水面の浮草の中にある父の横顔
浮かぶ表と裏
緑と紫が交互に重なり
下面に多数の鬚根《すうこん》を持って揺れている
父の横顔も揺れる
「面倒なら剃らなくてもええやん」
反抗期の声は甲高い
「いやぁ」と父はきれいにひげの剃り上がった横顔を
いつものよそ行きの顔を鏡に映して
鏡越しに苦笑いを見せる
鏡の向こう側の一点で結ばれる私たち

関心や干渉を拒み続け

私はマザーグースを何回も読むふりをした
彼は何も求めずテレビの野球観戦に熱中した
かすかな温かさが二人の中でせめぎ合っていた
でも時おり小石が大きな悩みを持った石仏のように現れ
実像が透けて見える

足裏からぼつぼつの落ち葉
落葉衣を重ねた光の収束
水面に落ちる葉音に耳を傾けて
今
彼はまたしても麗しく孤独な横顔を
私に見せに来るのか

カモメとして　静寂《しじま》（こころ病むあなたに）

宿雨《しゅくう》もあがり
静寂はどんどん深まった
深海に沈んでも
突起した音声を持つ貝殻に冒されることなく
広がる静寂
木曜日はその始まりである
カモメが強風に煽られ飛び立てず
一方向に抑揚のない脚で直立する
展望を胸下の羽毛の奥にしまって
少し病んだひとのこころのかけらを
手に入れようとして翻り押し戻され
「時」という含みのない世界に入り込んでしまうカモメ
完熟の林檎をふたつに割って差し出す片方が
いつもすり減ったゴムの味がすると言う

バスコ・ダ・ガマもインド航路発見の果て
座した椅子の足もとに刻印された染みに翻弄され
冷ややかに世界の海を見つめていたのではないか
カモメは魚の鱗が見える距離を身体で測りながら
彼女を木曜日に訪問する
金曜日から水曜日までは彼女の気配を感じようとも
ふたつの個体の孤独は付属的な日常の事実としては
記憶されることはない

静寂は静謐とは異なる
空は密雲に蔽われたはずなのに
わずかの余白も抱化したように水気を失う
おそらく何も聞こえない
体側の左右の筋肉の成長速度の違いにより生じた
屈性反応のせいで右肩を傾けて歩く彼女の後ろ姿は
宿痾《しゅくあ》のようで目が離せない
ときおり頭上に浮かぶ『幻の鷗』が新たな静寂とともに
深く海に沈んでしまわぬうちは

声

微睡《まどろ》みの前の葉陰
川は流れていて　いつもどおり
白く浮き出た血管が斑の雲に沿って登っている
傾いて地平線を見る
親たちの子たちの孫たちを
ハンマーで眠りからとおざけて
空の端っこに垂直の二本の線を引き
交わる向こう側に
ゆるやかな波の形を描いたりする
ほとんどそのよそおいは平然としても
とおい国境付近や
さまざまな海底で烟り出す
変わりやすい月の光を誘いだし

脱臼した椅子が
骨格の仕組みにたどり着くための
繋がりを探して
見つけようとするのは
川に落とした一個の木片のゆくえかも
発せられないままにあるとするなら
次の行を読み解く所作で
見過ごさず
さかのぼる
水にながれ　岸壁におされて
極度に疲れるのだが
わずかに香る樹木に問う
それは
どこからかとか　どこへとか　どのようにしてか等々の
数知れぬ河瀬に振れる
おそらく　それは

夜の奥行

草を踏み
木々をくぐり抜ける山道には
陽が差さなくても
折り合いをつけて
無言で立ち去る動物たちがいる
血と肉を食するものたちに木漏れ日
周りに拡散し
混ぜ合わせて一定の濃度を保つ大気は
身体の疲弊を相容れない空間をつくり
一カ所に滞る
目の前の草花の名前を並べながら
行きちがう人々は励まし合い
軽く会釈し昨日は通り過ぎた

賦活される草花
交叉しながら足下で昼の気配を待つ
海底の静寂は夜の小さな暗闇に比べて
どれほど深いのだろう
野望を見せつける昼はどれほど短いのだろう
時を数えて
日差しを背負い
昼を待つ
動物たちが野山を駆け巡り
大気がじゅわっと降りてくる
草花は石塔の前で無言のまま私に背いている

記憶

人はしばしば思い出づくりと言う
が　記憶はその中に存在しない
記憶は未来に向かうから
地平線上にたなびく雲の行方を
誰も正しく追えないけれど
記憶はどこにもとどまらず
必ず未知へと発進し続ける
隠せない虚飾や怠慢は
時に記憶を歪曲しても
やさしすぎるゾウの目にはかなわない

父母の声の記憶が薄れる
あれほどの長い時間と空間の中で

ただよっていたのに
どこか遠くに去っていく
記憶が過去ではなく現在にあるから
そして未来に向かっているから
声は映像の中のみで保存されるから
それは自然なのだろう
そして
私たちの未来は記憶の中でつくられる
明日への記憶のために
過去が語り　今を行くために
私たちは何を記憶するのか

雨水*の日に娘のひな人形を飾り
良い縁を祈ったのは単に
記憶の必然なのか

＊　2月19日でこの日にひな人形を飾るとよい縁に恵まれるとされる。

未明の歌

夫は小さめの口を多めに開けて
もう世界中を駆けめぐるよっおと
大きな背中を見せて
私のそばで眠っている
いや横たわっているだけで
私の吐息を実は聴いているのかもしれない
私も息をしているか耳をそば立てたりする
娘も呆れかえる無類の奇跡の仲のふたりの横には
いつものアロマディフューザーからの香り
シャッフルされたオルゴールのリピート
これは私のため
眠るためのシナリオもちゃんと揃える
私には必要だが　彼には全く不要物

それでも文句や愚痴はこぼさない
吐息が天井まで伸び
碁石のない囲碁板が平静な頭上を探す
読みかけの本が多数　四分の三が彼のもの
私の読まない著書だらけ
床の間の掛け軸にやたら大きな字
私たちを威圧する
それでも彼は賞賛する
その下でふたりは二つの仏壇に挟まれて
浅い眠りをうまく調合する
それぞれ独自の朝を迎えると言うのだが
何やら捨てて脱走する姿は
未だお互いに見ていない
未完のままの部屋
ふたりの夜明け前
カラスがクアックアッと鳴く

ゆめ

子どもが星へはしごを架けたがるのは
自分を嫌いにならないためだと
「風が吹けば桶屋が儲かる」風に思っていた
ほんとうにそうなのか
テレビカメラに満面の笑みで
ゆめを語る新成人
乾きすぎた床に妙に貼りつき
行き場を失ったゆめはいつ撤去されるのか
不安になる
「不安になればゆめは叶う」
「風が吹けば桶屋が儲かる」のだ
バタフライ効果*ちゅうものが今世間をゆるがし
僕の前を無残に通り過ぎていく

空中に浮いたままの僕のゆめ
ゆめの架け橋
単なる現象の予測にゆめは負けてられない
と僕は思う

＊　ちょっとしたことで異常な誤差がでる。蝶を脅して逃がしたほんの少しの空気で流れが変わり、明日突然竜巻が起こるかもと言う現象を例えていう。

らんどせるの裁量

下校途中の小学生に交じって
追い抜かさぬだけの距離を保って歩く
昨夜の大雨でできた水たまり
友のらんどせるを映して遊んでいる
その数は他学年に輪を広げて
一つの集団になったあと
細胞分裂のようにいくつかの固まりをつくる
水たまりは黒色を
暗褐色にして澄んでいる
黄色を黄土色にするほどに
地面の背景に融けこんでいる
あくまでも水たまりをとおしての
彼らのらんどせるの色当てゲームは続く

赤　青　緑　茶　紫……
色とりどりの声は宙を飛び
しばらくは地面に下りてこない
あたりは寒い

青ではない　瑠璃色　ピンクではない　珊瑚色……
私のこころはつぶやく
二十四色の色鉛筆の人の隣で
八色から選ばれた三つの色を混ぜ合わせて
造ったザラザラの朽葉色
濃淡に焦げた食パンの匂いが
水たまりでは到底作られない漆黒をつくる

辛辣な色決定は
逡巡しないから誰にも責められない
しばらく続く色当てゲームの後で
真っ青な退屈を
二階のベランダの柵の上に押し上げて

単純で繊細な彼らと語り合おう
水たまりを脱出して露わならんどせる
「君のは何色」「わからへんの〜えぇ〜」
彼は道路の側溝に片足を埋めたまま
口を尖らせて
大地を踏みつける色をぶら下げて
小さな角を曲がっていった

Ⅲ

とばせピース

折って広げて折りなおして
錯綜しない直線の対称が美しく重たい
美を感じて窮屈の中にへたってしまった
息を吹き込んで
許し入れるものは
すべてつめこまれて
ようやく自立した　ツルは
風に吹かれてとびたとうとしていた朝の
ひとつおいた次の日
触って折って広がるものがとても好きな
キミたちの机に
愛の形がゆがんだ地平線の上に
幾十にも重ねられていた

世界中で勃発する危機に
一枚の正方形はひとつの態をなし屹立した
まぼろしでないものがまぼろしで
あり続けるように
座したツルは豊饒の余白の中で
ツルであり続けた
とばせピース
飛行機のゆるやかなカーブに真似て

キミたちに例外なく
愛されなければならなかったツル
空を切って折る
一つの美の形を
否定してはいけなかった
グーの手で押しつぶされて
無にしてはいけなかった

反転の危険因子

後方から頭にぶつかってきた
分厚い声が一回転
首は前に折り平らになって謝る私
からだは薄っぺらい
危険にさらされての
遠くからの読経
回避の後は
三叉路の立て看板になって動かない危険因子
（命を守るため）の説明書には
ここに書いてあるとしか書いてない
野暮ったい服を着たメタファーが
通路の隅っこで甘納豆を煮詰める
ななめからの薄っぺらいからだは
どうしようもなく直線で

食することなど許さない
私の大好きな
ウエストラインをけっして超えようとしない
短めのセーターに
首にフィットするタートルネックの
黒
伸びすぎて　色あせて
もう段ボール箱の中で妄想に走る
たっぷりのコートの人々との
目的は歩くこと
一緒に三叉路の立て看板を
乗り越えられそう
コートの裏側でひるがえる
真新しいタグは不自由で縮こまりそうで
少しの隙間でも突っ走る
今度は
こちらからの
分厚い声　カラカラ

好き嫌い　好き嫌い

と
言って花びらをちぎった
あれから時を経て

—欲望は保つ—
生む生まない　生む生まない
類似する類似しない　類似する類似しない

—感傷を導く—
焦がす焦がさない　焦がす焦がさない
裂ける裂けない　裂ける裂けない

―争いは続く―
巡る巡らない　巡る巡らない
閉じる閉じない　閉じる閉じない

これらの決断は単に花びらの数のはずなのに
私を脅かした

それから時を経て

―開発を期する―
うつる　うつらない
うつす　うつさない

ちぎり続けてもなくならない
増殖の花びら

陽だまりの中へ

たとえば休息のつかの間が
スタートラインを超え失速する朝
陸上競技選手の顔をして
息を弾ませ真っ直ぐにそして
足早に電車に乗り込む人びと
テープはホームと電車の隙間に挟まったまま
次の電車を待つ
それぞれの無言の頭上には
オリンピックのロゴマークが
中吊りの広告の中で揺れている
最近目立ってきたディスプレイの広告は
ネットワークを拡散させ　沈黙を増していく
席を譲り合う善良な人々の顔の前には
気まずく垂れ下がったままの親切

かすかなイヤフォンから漏れる音は
隣人の気配を消し
妙に電車の音に同調している
ベビーカーを畳む音を聞いている耳
宗教本を手に眉間にシワを寄せた女性
とがったヒールの先が
前の初老の男性の腹を突いている
彼はしだいに落ち着きをなくして
ますます混雑する車内
ゴールする場所とは別の空覚えの目的地が
連結部分の定まらない角度に反発しながら
一定のリズムで静かに人々に近づいてくる
電車とホームの隙間に
挟まったテープを一跨ぎして
車窓から見るあのむき出しの陽だまりへ
突き進もう
仮に見せかけの温かみであるにしても
それは日常の延長であるはずだから

インドの病院にて

鋭い目に気づくのに
それほど時間は要らなかった

成功者のマニュアル本は
どれもみな美しく魅惑な語感で
埋め尽くされている
至極全うな声は
神聖の輪郭を朧げにえがく

体調を壊し旅先のインドで
小さな病院のベッドに横たわる私
二階の手すりは腐りかけの樹木を覆い
表面は黒く光っていた

踏み床はベニヤ板を数枚重ねているから軋む
「すぐによくなられますよ」夫に声をかけ
私の手を強く握ったまま「もう大丈夫ですよ」
ドクターJAGGI氏は黒縁の眼鏡で
実に頼もしい
点滴袋の先の針から
はるか遠いアンデスのフォクローレ
「コンドルが飛んでいく」が流れ出す
耳元でささやく妙薬
この地に産まれて以来よじ登れない
深く闇の階段を五、六人のスタッフが
細分化された身分に合った役割を持って
交互に何回も往復する四時間
この不遜な私にも親切だった
朧げだった神聖の輪郭が
深く刻まれていく

リンク

ありふれる人の波に押されて
管理されたスタジオは
長い列を口に含み
一挙に私たちを吐き出す
それぞれのわずか一平方メートル余りのテリトリー
マットやテニスボールは宙に浮き
表と裏を行き来する
メビウスの輪の権威で
素足になる人々
昨夜の空は弦月　暗緑色の半分は
地上からの功罪を狩るアヴェマリアと
やさしさの繰り返しのノクターンと
強く跳ね上がる小指のラ・カンパネラと

調子が出ないまま途切れている
講師の力量と受講者の嗜好で
スタジオの人口密度は測られる
あの薄黄色の半月が　反復する夕ぐれの空
もう公式を解き明かす作業は要らない
職業としての仕事は　すっかり終えてしまったから
思想をほりおこす哲学は
真っ逆さま
月の満ち欠けの案内図は
錆びつかないように門柱で
不純物はろ過され
スタジオの真ん中にぶら下がる
解脱は不揃い　覚醒は画一
屈服せずに
あぁ踊るのか
事前のストレッチは硬い
汗腺は信仰より深い
あぁ祈ろうか

インプラントと爪

インプラントは全く頭になかったんですが、少しは考えていたんですかね。口が歯を誘って歯が私に応えたという形で出向いた相談会の部屋は真っ白い歯だらけでちょっと戸惑いました。これは歯どうしの闘争と思った途端やっぱり軍を組んだ歯科医師や歯科衛生士に囲まれて。「私だって歯くらい磨いてますよ」と言って立ち去るつもりが椅子に長居してしまいました。しかも、その椅子は私をずり落としそうで、お尻の周りの筋肉に力を入れていないと、止まっていられそうにないので、スリッパをパタッと落としたら急に楽になって歯は助かると思いました。誘導からもう決意です。うがいする隙に見える先生の大丈夫って顔はさらに後押ししました。よくあることですが、私は手の爪を噛み切ることができるんです。というよりいわゆる癖ですね。昔は足の爪も噛めましたが、今はちょっと難しくなってます。手の爪はちゃんと今でも噛めてます。これはインプラントに関係があるかもしれません。人が爪切りバサミで爪を切っているのを見ると、私の歯は丈夫だな、やぁゴキゲンヨーとか、おぉガンバレーの声をかけたくなります。マニキュアをしている人の爪を見てきれいと思いますが、社交辞令でもきれいねの声が出ないんです。桜の花が早く咲かないかなってみんなが待っている時に、花の散る光景がすごく見たくなるのと似てます。あの椅子のように止まっていられないんですね。マニキュアは女子力が強いと聞きますが、インプラントには女子力ってないでしょ。だからインプラントやろうと思います。

ゆう子さんがやってくる

夜の光を浴びて、ゆう子さんがやってくる。昔とは別の口調で「放たれねば」二、三度口ごもり、丁寧に茶色の透き通った紙に包まれた大きな荷物を抱えている。私は気づいている。多分絵画だろう。

私の「放たれましょう」にふりほどかれたのはやはり一枚の油絵だった。

水瓶の中に詰めておいた言葉は、取り出されて気づくのだが、吃音で聞き取りにくい。多分、以前のゆう子さんと同じで。

私の手元には、音読用の読み聞かせ本を備えていて、饒舌すぎる二人の会話は劇中劇から始まり、企画書のパワーポイントの指示棒は光を放たないまま舞台の上。

ゆう子さんは、それからたびたび私に会いに来る。昼の日差しの中で額に大粒の汗を浮かび上がらせ、朝焼けの気配の時は大きなビニル傘の下で、いつも一枚の大きな油絵を抱えている。「新生」と題されたキャンバスの中の絵の具で塗りたくられた小さな文字に私は気づかない。それでも私は長い漢詩を臨書した文字を見せに行く。やさしく転がる吃音は、翻訳は不要だが、できれば日没前の光が透過される頃がいい。大気中に含まれる微量な元素が尖るから。

私たちは、今伝えなければならない。

ゆう子さんは油絵を持ってやって来る。私は臨書した字を見せに行く。

ふじ色のマフラー

目のまわりを濃く化粧した人と
ぶつかりそうになった
彼女はスッと私の後ろに廻り
「ごめんなさい」と言って消えた
目の色と同じふじ色のマフラーだけが見えた
私は人との距離を広げながら
進みながら
恥じながら
横道に逸れていった
つり革の高さに命綱でもつけているように
肩が重い
右前方に不意に脚を伸ばしても
ぶつからない間隔を調整する

もっと広げよう
もう少し縮めてもいいか
脚は考えすぎてぎこちなく動く
意外に早足がうまくいく
ソーサーに置くカップの音で
クリームがふわぁっと広がるカプチーノ
もうあの彼女は大通りに出て
楽しく仕事に就いたろうか
三つ隔てたカウンターの席についた女性
さっきの彼女とも
絶妙の距離を取りあってすれ違うのだろうか
底にたまったカプチーノのクリームは
時間を隔て過ぎて落ちてこない
飲みほせないカプチーノを残したまま
大通りに出てふじ色のマフラーを買いに行く
少し人通りが減っている

二分休符ってさぁ

遠近法はいきなり物事を始める
赤道をひとっ飛びしてきた猫の顔をして
坂道の途中の二分休符で休む
背中は上で平らにして
手足は地軸に垂直
心臓は少し上向き加減
そう二分休符そっくりに
群衆はとにかく解析したがって群がっても
終わりはひとり
しばらく佇んでいると解散してくれるもの
いつでも始められる準備をするには
二分休符の長さがよい
付点は要らない

少し煩わしいから
地球を一周したって
平気な顔で戻ってくる終結しない遠近法を
からだごと支えてくれる二分休符
地球をもう一周したって疲れないぞ

世の中の骨格を立て直して
ディテールを見つめよう
なんて偉そうな二分休符

二分休符ってさぁー
背中の下の心臓の鼓動にちゃんと合わせて
もう次の楽曲に酔い始めているって
ちょっと早いぞ

あとがき

日々の生活の中、見えにくいものを見ようとした私は、極小の粒子に託してその通過する点点・・を表現したかったのです。とてもとても。装画を提供してくださいました画家の三浦敏和さん、編集に際し、きめ細やかな対応をしていただきました土曜美術社出版販売社主の高木祐子さん、装丁、校正等のスタッフの皆様、またそばで見守ってくださった方々に深く感謝申し上げます。ありがとうございました。

二〇二〇年七月

南　久子

著者略歴
南　久子（みなみ・ひさこ）

1950 年生まれ

著書　詩集『来し方』（白地社　1993 年）

所属　関西詩人協会　会員
　　　「点燈鬼」（1977 ～ 2014 終刊）

住所　〒 535-0021　大阪市旭区清水 3-16-20

詩集　粒子《りゅうし》　その通過《つうか》する点点《てんてん》・・

発　行　2020 年 8 月 7 日

著　者　南　久子
装　丁　直井和夫
発行者　高木祐子
発行所　土曜美術社出版販売
〒162-0813　東京都新宿区東五軒町 3 -10
電　話　03-5229-0730
ＦＡＸ　03-5229-0732
振　替　00160-9-756909
印刷・製本　モリモト印刷
ISBN978-4-8120-2575-8　C0092